AF400133

La Hauteur

Éditeur : BoD-Books on Demand
12-14 rond-point des Champs-Élysées, 75008 Paris
Impression : Books on Demand, Norderstedt, Allemagne

Chargée d'édition HL : Rose Evans

Collection 1 nouvelle

Photographies : Morgane Aubielle (recto) et Etienne
Boulanger/Unsplash (verso)

ISBN : 978-2-3221-7398-3
Dépôt légal : Mai 2021

La Hauteur

nouvelle

Philippe Aubert de Molay

HISPANIOLA LITTERATURES

Collection 1 nouvelle

Dès les premiers mots, il l'avait crue,
tant le regard en dit plus long que les lèvres.
Georges Bernanos, ***Sous le soleil de Satan***.

LA HAUTEUR

1.

Dernièrement j'étais au bord de la rivière, douze kilomètres à l'arrière de la Hauteur. J'avais gagné dix jours de repos après un combat de presque deux semaines où la Chambre 204 avait perdu trente-sept combattants. J'ai pu manger chaud, me baigner dans les bassins de source chaude d'un établissement thalasso haut de gamme, dormir sans les alertes. J'ai regardé la danse des martin-pêcheurs survoltés, flèches bleues rasant l'eau calme de la rivière familière. Mais c'était bizarre. Douze kilomètres en avant il y avait le gouffre où d'autres se battaient pour nous défendre, nous les épuisés et les estropiés des derniers combats. Et bientôt je retournerais là-bas faire ma part. Livrer combat. Pour l'heure j'étais en sécurité mais c'était comme si je me tenais au bord du vide, tout au bord, une saute de vent aurait pu me faire chuter. Jamais été si près. Qu'un pas à faire comme on dit. C'est curieux : c'est bien souvent lorsqu'on est loin du danger qu'il est le plus proche, je sais. C'est quand on croit que ça va finir par s'arranger que le pire survient. L'eau était belle. Elle s'emportait d'elle-même le plus loin que possible. Le mieux était de l'imiter, d'essayer de s'emporter mentalement le plus loin que possible.

Le bruit court que lorsqu'on est en bas et qu'on lève les yeux, on voit deux mille mètres de rudes falaises. Roche rouge étincelante, noire polie, blanche glacée, comme transparente lorsque de gigantesques cascades jaillissent de la paroi, masses d'eau si hautes qu'on les croiraient figées. Ce qu'on appelle la Hauteur s'étend sur des milliers de kilomètres de longueur. La sainte muraille. L'auguste gouffre. Au fil des siècles, des expéditions se sont rendues aux extrémités du monde pour tenter d'établir des routes permettant de gravir progressivement la Hauteur aux endroits où elle commence à s'élever. Ou de la descendre lorsqu'elle décline. Peine perdue. Aucun explorateur n'a jamais découvert un début de pente ascendante ou descendante. N'existe que la Hauteur. Le monde est constitué d'un haut et d'un bas. Il faut se résoudre à cette vertigineuse idée. Et ce qui lie ces deux espaces, c'est la guerre. Rien d'autre. Je suis quelqu'un d'en Haut. Un soldat.

Nous, les gens du Haut, nous regardons vers le Bas. Le gouffre. Nous observons, cartographions les positions ennemies, détruisons tout ce qui peut l'être. Les autres font pareil vers le Haut. Ils nous surveillent, envoient des drones pour filmer, repérer nos mouvements de troupes. Bombarder les fortins quelquefois, éliminer nos sentinelles souvent. Petit jeu de snippers comme à Stalingrad autrefois. Les arrière-pays sont épargnés car il est trop compliqué, de part et d'autre, de les atteindre. Trop loin.

Mettons que la ligne de front – l'endroit où la Hauteur est un gouffre ou une muraille selon que l'on soit en Haut ou en Bas – soit un territoire frontière : des milliers de kilomètres de long et trois à dix kilomètres de profondeur vers l'intérieur des terres. Eux, nous. La Hauteur. Voilà l'essentiel de l'univers.

D'après les mémorialistes et les chamanes, la guerre existe depuis près de mille quatre-vingt-dix ans. Onze siècles. Lorsqu'on a approché des mille ans, tout le monde s'est dit que le conflit cesserait, presque magiquement. Mais non. Quatre-vingt-dix ans après le millénaire, la grande tuerie se perpétue plus que jamais. C'est le quotidien. L'ordinaire.

Ceux du Haut et ceux du Bas.

Le Haut. Du latin *altus* avec un ajout de « h » initial aspiré sous l'influence du francique *hauh,*ou *hoh* (cf. le vieil allemand *hoch*). 1. Qui est élevé. 2. Qui a une grande hauteur, qui est d'une taille supérieure à la moyenne.
Le Bas. Du latin *bassus* (*gros, large*) qui a pris le sens de « peu élevé ». 1. Qui a peu de hauteur ou d'élévation.

Donc la situation mondiale se résume à : eux ils nous envoient tout ce qu'ils peuvent sur la gueule et nous on leur balance tout ce qu'on peut sur la leur.

Eux c'est la rampe de lancement et nous le toboggan. Tuer les pourritures du Bas si on est du Haut et tuer les merdes du Haut si on est du Bas voilà à quoi les choses se résument et se résumeront jusqu'à la consommation des siècles, c'est tout, rien à dire de plus pas besoin d'épiloguer on tue on tue on tue point barre. Depuis onze siècles. C'est comme ça. C'est notre destin. La vie.

Nos groupes de combats sont nommés « chambre », j'ignore pourquoi. Chambre 33, Chambre 710, Chambre 414 etc. J'appartiens à la Chambre 204. On est cent soixante combattants à la 204. Et perdre trente-sept des nôtres c'est un cataclysme, on se connait tous. On a vécu ensemble. Notre secteur existe depuis toujours, notre réputée unité existe depuis six siècles. Son chef actuel est un officier de haut grade (de classe IIIb), le commodore.

Petit (car 1m52 c'est pas grand de l'avis général), musculeux, la moitié de la face arrachée, reste un œil. Deux doigts de la main gauche envolés, en prime. Son visage, on ne sait pas quoi regarder. Plaque de métal blindé presque partout. Sa bouche reconstituée en elastiZ™, locution phonée par assistance. Presque un androïde. Mais quel chef. Cette face inoubliable, cette voix, une allure. Un bloc d'énergie. On le respecte, on est en de bonnes mains avec lui. Sécurité maximale. Il prend soin. C'est pourquoi, le commodore est réélu à la tête de la 204 tous les deux ans depuis – depuis une éternité et pourvu qu'elle dure longtemps cette éternité, pour notre bien à tous. Oui. Confiance et sécurité.

Citation n°Z3820 à l'Ordre de la 2ème armée du Haut du 3 janvier, secteur 204 de la Hauteur :

Chargé, le 17 décembre de l'attaque sur la zone bassiste BK505, a motivé sa Chambre 204 avec un entrain remarquable. En prise à des feux de face, d'écharpe et d'enfilade dronés et artillés, a progressé quand même dans la destruction au tir d'embuscade de 9 ennemis dont un identifié commodore de classe IVd. S'est maintenu avec sa Chambre toute la journée et jusqu'à la moitié de la nuit sous un feu violent d'infanterie et d'artillerie de sol et dronée. S'était déjà fait remarquer sur sa même zone le 22 août et en appui avec sa Chambre 204 les 7 et 8 septembre sur la zone bassiste BK604 où luttait la Chambre 209 en difficulté. Officier (commodore de classe IIIb) d'élite, médaillé au feu. Réélu 8 fois à la tête de sa Chambre.

Un jour d'accalmie le commodore a confié qu'il n'arrivait pas à vivre sans être *l'homme d'une belle.* C'est l'expression qu'il a utilisé *l'homme d'une belle.* Qu'avoir une amoureuse était la condition pour exister, pour tenir, pour continuer. Pour lui en tout cas. Vivre c'était appartenir corps et âme à quelqu'un. On était stupéfait, il avait un cœur en fin de compte, c'était l'info du jour et même du mois.

Sa vision surannée de l'amour, carrément d'un autre siècle, en avait surpris plus d'un. *Appartenir à quelqu'un.* Mais on avait été honoré de sa confidence et on l'avait aimé encore plus. Pendant des mois il est encore resté seul et quand Daphné et lui se sont *trouvés* pour le dire pudiquement (une médecin de la 209 mutée chez nous le temps d'un stage de chirurgie de combat), toute la 204 était heureuse pour eux. Daphné a été tuée par un drone anti-médico dix semaines après leur rencontre. On a une brochure expliquant que si on se sent déprimé, il faut tuer plus. Alors c'est ce qu'il s'est mis à faire notre commodore. Il nous a encouragé à tuer plus, ne commentant pas la perte qu'il ressentait, tout ce chagrin. La guerre. Seule la guerre comptait à ses yeux. Du moins c'est l'impression qu'il donnait. La vieille vieille guerre, c'était un devoir de la continuer afin, comme on l'apprenait par cœur dès l'enfance, *que la terre survive.* La paix nous ne l'aimions pas, elle nous faisait horreur, elle ne signifierait jamais qu'une seule monstrueuse réalité : la reprise de notre ancienne entreprise méthodique de destruction de la planète, d'épuisement de ses ressources, d'extermination du vivant. La guerre, dans sa magnifique radicalité, avait stoppé depuis onze siècles cette abomination.

Doctrine.

La guerre pour laisser la terre en paix.

Tout ce qui n'est pas nous, l'annihiler. Lors de la cérémonie d'adieu à Daphné, le commodore nous a rappelé ce début du psaume 44 du 4ᵉᵐᵉ Livre de la Sagesse (44-4) : *Tout ce qui n'est pas nous, l'annihiler*. Et selon l'ancien rituel plus vraiment usité de nos jours (ce qui a offert un surcroît de solennité à la célébration), un prêtre a récité le saint précepte dans les langues antiques : *Tout ce qui n'est pas nous, l'annihiler / Anything that is not us, annihilate it / Qualquer coisa que não seja nós, aniquila / 任何不是我们的东西 · 都要消灭它 · (Rènhé bùshì wǒmen de dōngxī, dōu yào xiāomiè tā) / Rud sam bith nach e sinne, cuir às dha / 'O nā mea āpau 'a'ole iā mākou, e ho'opau / Все, что не мы, уничтожаем это (Vse, chto ne my, unichtozhayem eto) / Alles, was nicht wir sind, vernichte es / რაც არ უნდა იყოს ჩვენ, გაანადგურე ის (rats ar unda iq'os chven, gaanadgure is) / Cualquier cosa que no somos nosotros, aniquilarlo / Tiştê ku ne ji me ye, wê bihurînin / እኛ ያልሆነ ማንኛውም ነገር አጥፉው ።። (inya yalihone maninyawimi negeri āt'ifawi ።።) / Wszystko, co nie jest nami, unicestwimy / Alt, hvad der ikke er os, ødelægger det / Orice lucru care nu este noi, anihilează-l / Anihiil leûr anihiila.*

C'était beau ce début du psaume 44. Comme une musique essentielle, amicale, bienheureuse. On a tous dit écoutez commodore c'est sûr Daphné aurait été contente que les langues du psaume 44 soient récitées lors de sa célébration d'adieux. Et lui il faisait des efforts surhumains pour ne pas s'émouvoir ni rien. Il hochait un peu sa tête en fer et en plastique, c'est tout. Aimer quelqu'un c'est ne pas montrer à quel point on l'aime sinon ça pourrait effrayer les autres. Et surtout celui-là même qui est aimé. L'amour c'est se taire, on savait.

Maintenant là où - depuis le début - je veux en venir : j'étais de gardiennage ce soir-là (deux mois pile après la mort de Daphné tuée calcinée par ce maudit drone anti-médico) et donc j'arpentais – nuit tombée - ma zone de la Hauteur comme prévu, tout près du bord. Et quand c'est comme ça on surveille s'il n'y a pas des mouvements de l'ennemi, c'est ça l'utilité du gardiennage et donc parfois – mais c'est rare car ceux du Bas sont malins et fourbes – parfois on a la chance de pouvoir dézinguer un de ces ennemis, le genre qui montre son vilain museau et bang. Bang dans ta sale gueule de fdp. Mais c'est rare qu'on ait cette chance cela ne se produit pas souvent. L'an dernier – donc en une année de gardiennage – j'ai pu dégommer que deux de ces têtes de cons. Un merveilleux coup double à deux jours d'intervalle, on s'est dit qu'ils avaient dû faire monter en première ligne des petits jeunes pas bien aguerris et j'en ai dégommés deux en deux jours c'était merveilleux et j'ai eu les félicitations du commodore de la 204, notre commodore. Le premier des fdp une balle entre les deux yeux lorsqu'il est sorti – incroyable - du couvert des arbres. Il se pensait invincible et remuait les fougères comme un phacochère, aucune discrétion ce con-là. Trop confiant en sa bonne étoile alors le tarif : une balle entre les deux yeux. Voilà qui avait fait plaisir à toute la Chambre. Le second connard : une balle dans l'épaule droite du coup il a lâché son arme (un fusil d'assaut SScarbonic88 à ce que mes images de casque – agrandies à mort – semblent indiquer) et s'est mis deux secondes à découvert, l'émotion sans doute, et là je lui ai transmis une rafale de neuf balles (en une seule percussion) alors sa tête a implosé comme démolie de l'intérieur. Sa tête une fumée rouge au-dessus de son buste. J'ai dit : ça c'est pour Daphné bandes de déchets de l'humanité. Ces deux tocards faisaient partie de la brigade DDS6 (6ème brigade Dents De Sabre – quel nom prétentieux débile) une nouvelle unité pas brillante à ce qu'on venait de voir une belle bande de branleurs d'autant plus que moins d'une semaine plus tard mon camarade Gunter en a cassé un autre – le troisième c'est démentiel – parce-que ce baltringue avait fait la même erreur que le mien : je te laboure les fougères avec autant de discrétion qu'un phacochère en colère et du coup même un débutant n'aurait pas pu le louper mais que leur apprend-t-on à l'entraînement à ces pauvres gamins de la DDS6 ? Belle bande de nullités de raclures d'inaptes de nullards de nuls de nullards de nuls qui sont nuls ces nuls. La crasse de leur formation ces novices. On en a buté trois en un rien de temps. Les grosses merdes : leurs chefs. Notre joie. On est meilleur qu'eux ça voulait dire avec éclat. La 204.

La 204 on est des bons des artistes des seigneurs des moteurs des Jedis des gourous - oui des artistes des gourous. La 204 c'est la mejor calidad de tuerie.

Triomphants, on était de notre succès. Et prospères.

Cette odeur de renfermé à ciel ouvert, de métal après le mitraillage, il fait froid et le froid aussi est une odeur (de menthe ça me fait penser c'est bizarre). Le teint doré des morts aux vêtement arrachés, brûlés lorsqu'un drone influent est passé par là. Les yeux cachetés par les paupières ou cuits comme des œufs de caille, les lèvres surdimensionnées par l'explosion comme des vieilles femmes botoxées, des bouchées de viande en moins ici et là. L'herbe salie, le béton rougit, l'air qui sent le brûle. L'odeur du napalm au petit matin.

Souvent, sous les frondaisons reconstituée partiellement en plastique ignifugé, on fume du bois de sureau. Et ça vient soudainement, on se surprend à chantonner tous ensemble et à voix basse les chants de la vieille terre, ces antiques poèmes musicaux et autrefois c'était des prières. La dernière fois, le commodore a dit arrêtez les gars ça ne se fait plus pourquoi vous chantez ces vieux trucs démodés ? On se croirait dans une de ces émissions de télé débile vendant de la nostalgie bande de chochottes, il a fait (j'ai une très bonne mémoire - de modèle BK66 neuro-enrichie, achetée voilà quatre ans et j'en suis très content, du coup je me souviens très bien de ce qu'il a dit). Et nous on a cessé de chanter. D'autant plus que ces vieux chants comprenaient des mots, des verbes, des phrases mêmes dont personne dans notre patrouille de vingt combattants n'avait la moindre idée du sens : *pontrinuler, bonpriduner, loncrilululler*, des verbes comme ça. *Donquer* (donc donc donc c'est *donquer* ou, pour le dire encore plus à l'ancienne, *donquir*. Exemple : *Il a donqué pendant une journée entière, incapable de se décider*). Et des mots oubliés comme *nutrierie, basolamartineur, butrune, cutrune, dutrune tropfortune* dont nul ne savait quoi faire si ce n'est une sorte de petite comptine rimée sans queue ni tête. Chansonnette. Bon vieux temps.

Faire la guerre à jamais s'est révélée être la seule solution performante et puissante pour cesser de construire des bâtiments commerciaux et des parkings <u>jusqu'à en recouvrir toute la surface terrestre</u>. Et détruire chaque oliveraie chaque ruisseau chaque plage chaque mètre carré de forêt chaque vie végétale ou animale. Chaque prairie et chaque clair de lune. Chaque silence. Il fallait que l'humanité s'occupe. Trouve quoi faire. Et comme elle ne peut avoir d'autre rapport au monde que celui de la dévoration, la guerre perpétuelle semblait une bonne et grande idée. Que, dans leur grande sagesse, nos anciens ont instaurée comme le seul but collectif. Ainsi, comme l'enseignent les six livres saints communs aux hommes du Haut et du Bas, seule serait *perpétuellement* à feu et à sang une bande de terre de quelques kilomètres de profondeur de part et d'autre de la Hauteur, sorte de camisole de force que l'humanité s'infligerait à elle-même, protégeant ainsi de vastes territoires désertés de sa fureur édificatrice. En Bas et en Haut, les populations se sont agglomérées pour faire la guerre, créatrice d'emplois. Des continents entiers étaient enfin nettoyés de notre présence, de nos décharges. Pour fabriquer les armes, d'immenses usines. Pour nourrir et soigner les combattants, d'immenses fermes industrielles, d'immenses hôpitaux. Pour former la jeunesse à ses futures batailles, d'immenses camps d'entraînements et universités de tuerie. Et l'énergie, il en fallait de telles quantités. D'immenses centrales nucléaires, géothermiques, solaires. Voué à la sainte tuerie, un monde entier s'est concentré sur la Hauteur et sa toute petite zone riveraine. La planète était sauvée. Libérée de nous sur des millions de kilomètres carrés. Immenses forêts immenses déserts savanes marais montagnes iles. Vides. Délivrée de nos chantiers mines industries centres commerciaux. Conservant quelques bosquets de vrais arbres au pied et au bord de ses falaises (car il était malaisé d'y construire quoi que ce soit sans devenir la cible de l'ennemi), la Hauteur est devenue, de tout son long, Bas et Haut, une ville ininterrompue, colossale et équatoriale. De quoi se tuer tout autour de la terre. Farandole enchantée de tueries.

De temps en temps (c'est même devenu une tradition le premier jeudi de chaque mois. Aucune idée du pourquoi du comment c'est le premier jeudi de chaque mois), on fait une journée de G.L (Guerre Ludique). Ce qui veut dire qu'on enrichit l'acte de tuer avec des enjeux supplémentaires. Ainsi de dix-sept à dix-huit heures les ennemis abattus comptent double pour notre compte de tueries. *Happy hour*. Triple si on dégomme un commodore, un médico ou quelqu'un d'important comme ça, un maître de drones surtout. Avoir un bon compte personnel de tueries c'est naturellement important, les points qui nous sont attribués créent la richesse personnelle, comptent pour le calcul de la retraite, produisent l'acquisition de grades et de privilèges, génèrent des abonnements gratuits à des salles de sport et à des chaînes de séries tv, tout un assortiment sans cesse étoffé de promotions commerciales (Les prix indiqués incluent les taxes applicables. Les frais d'expédition peuvent varier en fonction de la destination, du marchand et du mode de livraison sélectionné. Certains de nos services sont disponibles sur les appareils mobiles. Ne les utilisez pas d'une manière susceptible de vous distraire et de vous empêcher de respecter le code de tuerie en vigueur et les règles de sécurité en matière de tuerie). Et un jeudi par mois (ce n'est jamais le même jeudi pour tromper nos cibles) a lieu le fameux *Quadrupling day* : si vous dégringolez un pantin du Bas <u>à l'aide d'un arc ou d'une arbalète photonique</u> (ou de toute arme qui n'est pas à feu), vous quadruplez vos points du jour. Du coup, on a tous suivi des stages de formation d'armes de jet (payés à 60% par la Chambre, le reste étant à votre charge – et remboursé avec votre quatrième tué à l'arme de jet). C'est très avantageux. Donc ce qu'il faut retenir (instructions pour les novices) : une fois que vous avez déterminé votre œil directeur et que vous avez appris à bien placer vos pieds sur la ligne de tir, vous êtes quasiment prêt. Il ne vous reste plus qu'à apprendre à bien placer votre flèche sur votre arc, et à bien positionner la corde. Tout d'abord, placez votre arc vers le bas pour des raisons de sécurité. Placez ensuite votre flèche sur la corde. Celle-ci comporte trois plumes, dont une de couleur différente : c'est la plume de coq. Elle doit être positionnée de manière perpendiculaire à la fenêtre de tir de l'arc, vers l'extérieur. Une fois cette première étape validée, relevez calmement votre arc devant vous, pour viser le centre de votre cible. La corde de votre arc doit être au niveau de votre menton. Généralement, elle se place au milieu de celui-ci, ou bien légèrement sur le côté de la mâchoire. N'ayez pas peur de tenir votre arc près de vous : en effet, si vous adoptez la bonne position, la corde doit venir toucher votre nez et votre bouche. Surtout, n'oubliez pas : le tir à l'arc est une question de précision mais aussi et surtout d'entraînement ! En choisissant le bon matériel et en suivant les conseils de Archery Killing®, vous mettrez toutes les chances de votre côté pour viser juste et en plein dans le mille (obtenez la meilleure tuerie en plaçant votre trait dans la partie supérieure gauche du torse, à la base du cou, dans la région des tempes ou du front). Naturellement un électro-propulseur de flèche permettra à cette dernière de parcourir sans varier d'un centimètre les quelques deux mille mètres nécessaires pour toucher sa cible. Perso, je préfère les propulseurs à gaz inerte, leur fiabilité au vent est formidable. Voilà pour la théorie basique. Pour la pratique, sachez que vous ferez la différence en développant une mobilité constante, anticipatrice et fine : vous serez là où votre gibier ne peut imaginer que vous le soyez. Et si vous intégrez qu'aucun schéma de tuerie ne tient durablement la route, votre imagination étant votre arme première, vous aurez des résultats plus que probants, voir enthousiasmants et très gratifiants côté rémunération. Le *Quadrupling day* c'est un pur moment de fête. De compétition conviviale avec les combattants de votre Chambre.

Puis c'est arrivé, ce désastre. Liste de nos 37 combattants de la Chambre 204 tués lors de l'attaque n° 628-34-2000BK/Rapport de tuerie de la 397487ème journée de guerre :

Coralie Hazelwood, Philips Breathless, Mowgli Ho, Bibi Tombstone, Pascal Lorange, Katiouchka de Gouges, Kim Young-Ha, Ronald Bi, Sylvie Bi, Kloo Kat, Koojdabor Polski, Fabrice El Phacoch, Rudy Startreck, Misilina Laforêt, T-rex Bourguignon, El Ricky Ruckstuhlito, Katerina Libellul, Zorg Babar, Aldebert de Montlouis, Mirabelle Tseu Hi, Rajah Caramelito, Ariel Quatrevingdixans, Bibi Zbam, 404 Found, Kim

Young-Ha, Cassius Beli, Léopold Lheureux, Loumir McLean, Monique Mouffetard, Lobsang Besançon, Ludvig von Rauff, Piotr Bishou, Lorenzo La Muertita, Angela Bouquet-Jonquilles, Katiouchka Kalache, Didier Goodtime, Pierrot Dub. Nombres d'ennemis éliminés lors des dernières 96h00 dans le secteur de la Chambre 204 : 14 (pour un total de 720 points de tuerie). 37 morts/attaque. Jamais vu ça. 37. L'enfer total.

De quoi
être
méchamment sonné.

Après ce terrible massacre, cette embuscade, chacun de nous a reçu par email un message spécial de l'état-major du Commandement B :

Bonjour Combattant,
L'attaque n° 628-34-2000B bouleverse votre vie et votre quotidien. Nous pleurons avec vous des amis, des frères d'armes, des héros. Fidèle à ses valeurs de solidarité et de responsabilité, le groupe de commandement B se mobilise pour accompagner au mieux ses combattants, y compris dans les situations les plus difficiles. Soyez assurés que nous prenons toutes les dispositions pour maintenir la continuité de notre service client. Toutes nos équipes sont mobilisées pour prendre en charge vos demandes d'armement et de matériel de défense et d'attaque dans les plus courts délais. Pour nous

permettre de traiter en priorité les situations les plus urgentes et pour vous faire gagner du temps, n'hésitez pas à privilégier votre espace client ou l'appli COMMANDEMENT&MOI pour vos démarches courantes (demander un justificatif de tuerie, transmettre un relevé de tuerie, régler une facture de munitions). Je vous remercie de votre confiance. Prenez soin de vous et de vos proches. Cette 397487ème journée de guerre qui vit tomber 37 héros et héroïnes n'est pas vaine, car comme le proclame notre immémorial cri de ralliement : En tuant nous protégeons la terre®™ (slogan publicitaire marque déposée. Le droit des marques confère à une entreprise, une association ou un particulier le monopole d'exploitation de la marque pour le type de produits ou services qu'elle accompagne. La marque est un signe permettant à un acteur économique ou social de distinguer les produits ou services qu'il distribue des produits ou services identiques ou similaires de ses concurrents). *De tout cœur avec vous,*

Fabrice-Otto Bourdellier
Directeur Clients Particuliers / Commandement B.

Donc six mois plus tard après un gardiennage, avec toujours présente la douleur intérieure de nos 37 morts, pour décompresser on fumait du sureau tranquille en buvant avec le commodore et une demie douzaine de gars tout en commentant des vidéos techniques de tuerie à l'arc lorsque soudain, venant vers nous d'un pas assuré, il fallait voir ça, toujours aussi belle dans sa tenue de combat des médicos, on a vue Daphné approcher. Elle a fait un élégant petit signe de la main pour nous saluer – nous comme des statues - mais l'ennui c'est que normalement elle était morte.

2.

On a vu le commodore défaillir. Son unique œil biologique s'embuer et il a dit quelque chose mais sans qu'un mot ne sorte de sa bouche plastifiée. Oui il parlait et aucun son ne sortait c'est ce qui s'est produit. Cet homme si solide, il était soudainement affaibli, adouci même pour ainsi dire. Il demeurait lui-même mais un lui-même moins mis en œuvre par la guerre. Savait planifier une fusillade d'embuscade comme personne. L'avait été capable d'ordonner, lors de l'épidémie d'Albus Draco 13, que – après un rite convenable – on catapulte les corps de nos camarades terrassés par la maladie sur les cloportes du Bas afin qu'ils crèvent, qu'ils crèvent tous ces fdp. Pouvait enquiller deux gardiennages de suite (2 X 96 heures) pour rendre service à un ami ou si urgence. Il aimait lire les mauvaises nouvelles, au moins c'était raccord avec la vie qu'il expliquait. Quand il avait dessaoulé après la mort d'un combattant proche, on lui rendait ses armes et il en prenait grand soin, démontage, nettoyage, remontage, équilibrage, nul n'aurait pu mieux faire, avec ce mélange de méticulosité et d'indifférence aristocratique. Il nous faisait rire lorsqu'il annonçait : chers combattants il faut que je bute un de ces enculés d'en Bas aujourd'hui ça me calmera les nerfs cette guerre est absurde elle dure depuis onze siècles vous vous rendez compte d'une telle absurdité mais on dirait que c'est parti pour continuer alors autant s'y mettre tout de suite allons-y car de toute évidence à chaque fois qu'on tord le cou à un de ces ennemis on protège la terre c'est pas qu'on aime tuer on est pas des monstres on est rien que des hommes et tuer est terrible mais nous savons depuis plus de mille ans que c'est la seule solution pour sauver la terre alors tuons tuons c'est ainsi que nous faisons le Bien. Et ainsi il nous remontait le moral, il nous boostait, toute la 204 faisait son devoir avec coeur, il parvenait à redonner du sens. On l'aimait pour ça. Un brave. La terre lui devait beaucoup oui vraiment beaucoup. Un héros. Qui défaillait à présent car son amoureuse Daphné était revenue d'entre les morts.

Je ne sais pas pourquoi j'ai pensé à ce haïku de Matsuo Bashõ (1644–1695). Pendant les longues heures de gardiennage, j'apprends par cœur des haïkus, c'est bon pour le cœur ça ralentit son rythme, on est davantage concentré, meilleure respiration, l'attention est décuplée :

Mes larmes grésillent
En éteignant
Les braises.

Nous n'avons pas bougé, bloc d'hommes comme un marbre antique. Et le commodore s'est approché d'elle puis ils parlaient à voix basse, elle a touché son bras, il était pétrifié. Le haïku (俳句), terme créé par le poète Masaoka Shiki (1867-1902), est une forme poétique très codifiée d'origine japonaise et dont la paternité, dans son esprit actuel, est attribuée au poète Matsuo Bashō (1644-1694). Il s'agit d'un petit poème, extrêmement bref, coloré et puissant visant à dire avec un rien de brutalité l'évanescence des choses. La défunte est repartie de son pas élégant et lui il restait là comme s'il n'avait brutalement plus nulle part où aller. Ni rien à faire.

(Kobayashi Issa, 1763-1828)

Nous avons eu l'explication.

Très simple. Rien de surnaturel (hélas). Ce n'était pas Daphné mais sa sœur jumelle, Daisy Beline. On savait plus ou moins que Daphné avait une sœur, elle aussi médico. Mais c'était la première fois que nous la rencontrions. Le choc. C'est très nettement là que tout a commencé à dérailler. Très très précisément là. Le commodore semblait écorché vif. La revoir c'était trop dur. L'épreuve. Mais ce n'est pas Daphné on lui répétait, ce n'est pas *la revoir*. Parlons d'autre chose il répondait. Pourtant son air alternativement funèbre ou pénétré d'une sorte de ferveur nous inquiétait. Et nous avions raison, de nous inquiéter je veux dire.

Tourment + obsession = danger.

Cette femme. Ce mélange de volonté et de nonchalance lorsqu'elle charge son Glock.46 BB Courroux. Son petit air effronté quand elle a fini de vérifier ses armes. Ses belles mains un peu tâchées d'huile de nettoyage, brillantes. Et si elle passe non loin, je me redresse, prend des poses viriles, surveille mon langage. Je suis comme réchauffé, elle est comme un feu du soir après le gardiennage. Et je regrette. Je regrette de n'être pas aussi beau que certains, pas aussi célèbre que d'autres pour leurs faits d'armes. Ni reconnu comme un stratège. Ni riche de Quadrupling Day. Je ne suis rien, juste un combattant ordinaire, un tueur passable, quelqu'un auquel on ne demande pas conseil. Un suiveur en fait. L'insipide de service. Un imitateur de ceux que les belles préfèrent. Daisy Beline. Médico de la Chambre 202, nos voisins. Venue pour son stage de chirurgie de combat et peut-être pour soutenir notre commodore pleurant sa sœur Daphné. Non non ce n'est pas elle, commodore, tu vois bien que c'est sa sœur jumelle. Qui n'aurait pas dû nous approcher. Sa beauté devenue le tourment du commodore et la voleuse de mon sommeil. Et lui, hanté par celle qu'il avait perdue, il rôdait autour d'elle, l'appelant parfois Daphné.

L'infini me manque alors je tombe amoureuse facilement, elle avait confié un soir au bivouac. Ce qui avait électrisé tout le monde. Le commodore serrait les dents, un frisson m'avait parcouru le dos. C'était le genre un peu sauveteuse de chats perdus cette fille (au fait on dit *sauveteuse* ou *sauveuse* ?). Plus jeune, elle hésitait à presser sur la détente lorsque l'occasion se produisait puis elle avait soigné (ou n'était pas parvenue à soigner mais elle avait essayé avec science et cœur) tant de combattants que son regard avait changé, l'humanité perdue, ivre de sang, continuait toutefois de la fasciner, lui faisait pitié ou bien l'écœurait, souvent tout à la fois – comme nous tous. Et elle a fait ce que nous faisons les uns après les autres : lâcher l'affaire. Elle s'est contentée de sauver avec détermination qui pouvait l'être, de tuer sans état d'âme à l'occasion, s'est comportée comme un simple être humain en somme. Comme une ordinaire combattante. Elle est devenue la même que les autres : une abatteuse disciplinée, la plupart du temps habitée par une foi profonde en la mission salvatrice de l'humanité : s'éliminer elle-même. Le massacre de masse était la seule voie. Quelques idéalistes pouvaient bien proposer une autre solution, elle savait qu'il était inutile de s'y engager car recommencerait instantanément les exactions productivistes contre la terre. Oui ins-tan-ta-né-ment. Pas le choix. Restait les maigres bonheurs ordinaires : se saouler chaque fin de gardiennage avec des proches (et on a pu constater que Daisy Beline n'était pas la dernière à lever le coude), pour exorciser la laideur des semaines parler des heures et débattre avec sincérité en cherchant à expliquer le pourquoi du comment de cette existence insensée et du bien-fondé de cette guerre millénaire, s'enrichir pour acheter des choses et des services et donc aller à la chasse aux points de tuerie, faire semblant (de façon convaincante quelquefois) d'aimer et d'être aimé. C'est pour tout le monde pareil on savait bien, on dirait que la plupart des vies se déroulent de nuit sous un orage glacial troué d'éclaircies.

> *Dans mon bol de fer*
> *En guise d'aumône*
> *La grêle.*
> (Taneda Santoka, 1882-1939)

Livre III de la Sagesse (Sag.III, 474-477) : 474 *Voici la vérité la plus rude : c'est la division entre les hommes qui sauve la terre. La haine est la supérieure solution. Le rempart audacieux. La muraille et le gouffre spirituels. Unis et solidaires, nous ne songerions qu'à bâtir encore et encore, qu'à fabriquer ceci et cela, des montagnes d'objets à transporter de continent à continent pour les vendre. 475 Et pour ce faire, nous aurions besoin de quantités cosmiques d'énergies et de matériaux, d'animaux et de végétaux, de minerais et d'eau, d'ondes et de datas. Les déchets impérissables seraient plus volumineux que l'Himalaya et la terre ne s'en remettrait pas dévorée puis déféquée jusqu'à la dernière miette par l'ogre humain. Heureusement la sainte guerre modère l'appétit de l'ogre. Elle limite ses désirs et néfastes machinations. Retarde la fin de l'abeille, de la neige et de l'océan. 476 L'erreur suprême serait de revenir à la paix, cette abomination dissolvante, illicite, a-spirituelle et amorale. 477 Car dans la minute qui suivrait l'instauration du cessez-le-feu, les financiers reprendraient férocement le dessus et la dévastation des sols, du vivant, la pollution méthodique de l'eau et de l'air seraient planifiés sans état d'âme. Aussi en vérité disons-le nous et tenons ferme cette résolution salvatrice : combattons, soyons offerts corps et âmes à la pureté du combat, chantons et accomplissons la tuerie, saint secours donné à l'humanité contre elle-même.*

Daisy Beline. Je la regarde passer. Et même lorsqu'elle n'est plus là, je la vois. Je me sens comme quelqu'un d'amoureux même si je ne sais pas trop ce que ce terme veut dire. Dire ce qu'on a sous les yeux n'est pas si facile. La seule vérité (encore que ce mot-là, lui aussi, me soit suspect) c'est qu'il faut se méfier de l'amour. Cette bête-là : embrouilles, trompe-l'œil c'est tout. L'amour est imaginaire. Et l'imagination c'est penser que les choses vont s'arranger. Aujourd'hui c'est calme. Fin d'après-midi d'été, chaleur, lumière cuivrée dans les frondaisons. On est une douzaine cachés sous les arbres, vautrés dans des fauteuils défoncés à moins de dix minutes en courant du gouffre. On raconte des conneries, on vérifie nos armes encore et encore. On fume du sureau car il ne produit aucune émanation détectable par l'ennemi. Sur nos écrans montrant le Bas et zoomant au moindre mouvement, on peut observer parmi d'énormes racines noires (câbles électriques antiques éteints depuis des siècles), ce qui ressemble à des chats crevés pourrissant sous la pluie. Que foutaient ces cinq ou six chats sur la ligne de front ? Pris dans une fusillade ? Mais je pense à Daisy Beline plus encore qu'hier. Sauf si attaque subite, j'aurai fini mon service de quatre-vingts seize heures pour minuit. Ce sera la relève pour les cent soixante combattants de la 204. En début de service, il y a eu un peu de remue-ménage. J'ai blessé un pilote de drone d'en face. Pas vu ce combattant mort : pas récolté de points de tuerie. Pas su s'il survivra . Ce qui me fait récolter toutefois huit points de tuerie/blessage. Pas mal. Toujours ça. De quoi partir une toute petite semaine, mettons cinq jours, dans un hôtel de luxe avec Daisy Beline dès qu'elle saura combien je l'aime. Dès que je lui aurai expliqué ce que je ressens pour elle. Se retrouver, suspendre le temps, s'évader à deux. Une parenthèse de bien-être vue sur mer, en tête-à-tête, en amoureux. Bain de mer hydromassant, enveloppement d'algue, modelage, atelier cuisine saine. Vos soins thalasso & spa vous sont prodigués en duo pour profiter de chaque instant délicieux avec votre amoureux. Les soins sont concentrés sur une demi-journée pour que vous disposiez de votre temps libre à deux : buller au bord de la piscine, prendre un verre en terrasse, vous balader en bord de mer, admirer le coucher de soleil sur l'horizon. Nombreux avantages à découvrir avec le programme de fidélité VertigeHotels®. Société Anonyme immatriculée au Registre du Commerce et des Sociétés de Nanterre sous le numéro 602 036 444 et dont le n° de TVA intracommunautaire est FR 93 602 036 444, et inscrite au registre des agents de voyage et autres opérateurs de séjour sous le n° IM091440035. Garant : GREEN ROCK Limited - Suite 903 Europort - GX11 1AA GIBRALTAR. Pour vous ressourcer avec l'être aimé. Larguez les amarres le temps d'un week-end merveilleux en amoureux. Crédit gratuit. Rachat de crédit toute banque. Promo spéciale Quadrupling day.

Mais le problème c'est le commodore.

Il veut convaincre Daisy Beline que les sentiments qu'il avait pour Daphné, il les reporte sur elle, sa sœur jumelle, qu'il ne maitrise pas ce processus, que c'est inutile de lutter. Mais l'intéressée a répondu non ça ne marche pas comme ça sérieux oublie-moi je ne suis pas Daphné, libère-toi de cette folie. Réveille-toi, que se passe-t-il, tu ne vas pas bien, regarde je suis Daisy Beline, ma si chère Daphné est morte. Et lui : je ne peux pas, pour moi tu es Daphné ma femme est revenue d'entre les morts.

Problème.

Mes trois images préférés de Daisy Beline, mon amoureuse virtuelle (mais bientôt ce sera du réel dès que je lui aurai révélé mes sentiments) et je pense à ces images en m'endormant :

1°) l'autre midi, elle est belle quand je la vois rire à la plaisanterie d'un vieux venu nous ravitailler en munitions. Cette expression de sérieux sur son visage lorsqu'elle rit. Comme si rire, il fallait le faire sérieusement, convenablement en tout cas, *pleinement* est le mot juste, oui pleinement.

2°) dernièrement, l'un des nôtres a été décapité par drone à la scie à ruban. Pas beau à voir. D'après nos experts légistes : avec une machine conçue pour le bricolage et un usage semi professionnel. (Le genre de scie à ruban idéale pour réaliser une coupe rapide et précise dans le bois dur ou tendre, le métal ou le PVC. Ceci avec une lame à dents bimétallique de 1638 x 12,7 x 0,65 mm. Temps de coupe/tête : 9 à 22 secondes selon cartilages et ossature).

Et là où je veux en venir : Daisy est la médico qui s'est occupé du corps. Elle est restée stoïque. Ramassant respectueusement la tête pour la disposer sur une table de pique-nique afin de la nettoyer de tout ce sang, de la poussière, des gravillons. Belle comme la déesse Kali lors de sa danse cosmique au beau milieu de sa collection de crânes, j'ai pensé. Daisy Beline la « Têtue ». C'est le petit surnom secret et affectueux que j'ai décidé de lui donner : <u>Daisy Beline la Têtue</u>. Ça lui plaira à coup sûr.

3°) Une fois, dans nos sanitaires collectifs du campement, elle vient de se doucher après ses quatre-vingts seize heures de garde et elle change angéliquement de tee-shirt avant d'aller manger son bol de soupe puis dormir. Sa beauté me lynche. Au point que je nous ai imaginé virtuellement en train de le faire pendant une bonne minute et c'était stupéfiant démesuré artistique ensorcelant définitif. Tangible et religieux pour résumer. Le choc. Je suis certain que le commodore a pensé pareil, ça se voyait à son air terrible et douloureux. Il vacillait. Mais je pensais plus fort que lui, je pensais mieux, je pensais plus juste c'était certain. J'étais au plus près de l'événement, dans les bras de la sublimité. Pour ainsi dire grandi, propagé. Et comme toutefois je respecte le commodore, cet homme de foi et de devoir, je me sentais simultanément empli de chagrin : c'est que dans un sens, je le trahissais mon commodore en me sentant surchauffé de bonheur, amoureux de sa Daphné/Daisy.

En théorie, deux humains devraient s'aimer, ce n'est pas si compliqué que ça. Mais en pratique, ils s'ennuient vite. C'est tout ce qu'ils sont capables de faire : s'ennuyer une fois qu'ils occupent la place qu'ils ont voulu occuper. Gunter (c'est un de mes plus proches coéquipiers à la 204) me dit : écoute arrête de penser négativement, tes mauvaises expériences amoureuses nuisent à ton potentiel de renouvellement, ouvre-toi sans préjugé à de nouvelles propagations de ta personne. C'est ça : propage-toi. D'accord, je réponds, tu as raison Gun, je vais faire un effort de développement personnel pour positiver. Je vais m'amplifier, cataloguer le plausible. Mais pour Daisy Beline, j'hésite entre deux options : **a)** Inutile de l'informer que je suis tombé raide amoureux car cela ne marchera jamais. Elle s'ennuiera à la vitesse de la lumière. Alors pour notre relation, j'ai eu une idée de génie. Je vais aimer Daisy Beline *virtuellement*. Elle n'en saura rien. Silence radio total. Et ce sera tout de même une pure belle histoire. Dans ma tête, je ferai comme si. Sans rien révéler à qui que ce soit sauf à toi Gun et tu fermeras ta gueule. Ce sera comme si nous pouvions compter l'un sur l'autre, comme si on se disait la vérité, comme si on partait en week-end de thalasso dans l'arrière-pays loin de la Hauteur, comme si nous avions des projets, comme si on dormait ensemble et que c'était formidable. Aimer virtuellement. Imaginer suffira. Après tout, aimer n'est rien d'autre qu'imaginer non ? **b)** Je lui parle.

Et là on rentre dans l'inconnu avec une radicalité inédite et traumatisante. Le grand saut dans le vide.

Mais il y a un **c)**

C'est : le commodore et elle = ensemble. De gré ou de force, en couple. C'est ce qu'il veut. Il ne peut pas vouloir autre chose, c'est comme un vent de novembre trop fort, il s'envole. Et donc on a vu dans les jours qui ont suivi que notre bien-aimé commodore n'allait pas bien. Il s'enfermait tragiquement dans sa certitude que Daisy Beline était Daphné, *revenue pour lui, tant leur amour était impérissable*. Harcèlement. Cris et troubles, scènes pénibles. On ne savait pas quoi faire, c'était le commodore quand même. Comment réagir ? Son attitude insistante, irrationnelle, mauvaise et turbulente : grande grande inquiétude à la 204. Daisy Beline a fait une demande de mutation pour quitter la 202 (qui donc travaille en alternance avec la 204 et est cantonnée sur la même zone) mais, compte-tenu des lenteurs administratives, rien ne bougerait avant trois mois bon poids. Surtout que son stage de médico n'est pas terminé a dit le commodore fulminant.

Discours reçu par pensée implantée de la part de l'état-major du Commandement B à l'occasion du jour de l'automne/39799ème journée de guerre :

La 204 est une créature merveilleuse en tant quel tel. Une chimère constituée par la somme de ses cent-soixante combattants. Nous sommes nés 204 nous avons passé notre enfance à l'école 204 nous vivons et nous mourons les armes à la main 204. La Chambre 204 est une amplification de chacun. Le décuplement des forces individuelles. L'intensification de la pensée guerrière de l'individu. La somme de nos énergies. Une puissante et révérée liste de morts protecteurs de la terre. Nous sommes un brutal bloc de totalité. Nous sommes les griffes nous sommes les crocs nous sommes la bête qui hurle à la lune et veut tuer encore et encore le gibier du Bas. La 204 rugit. Nous somme la colère du Haut. Bel automne combattif à tous.

Pendant un gardiennage, il ne faudrait pas croire que l'on tue ou que l'on s'efforce de ne pas être tué en permanence. Non. C'est l'attente surtout. Observer surveiller répertorier anticiper se protéger. Notes, rapports, dossiers, corrélations et préconisations de tueries. Caché derrière la végétation souffreteuse ou dans les ruines d'immeubles bombardés depuis des siècles, on observe ceux qui nous observent depuis le Bas, leurs drones. Et on s'épient également entre nous. Avec bienveillance, pour se secourir. C'est dans ces circonstances, à la tombée de la nuit et là-bas à l'étage d'un immeuble défoncé, que j'ai vu le commodore courir soudainement vers Daisy Beline.

Du chagrin plein la gorge
Je fredonne soudain
Soir d'automne.
(Kaneko Tota, 1919-2018)

3.

Le Grjffeur, c'est une faute de frappe ce *j* au lieu du *i* en début de mot. D'ailleurs on le voit à peine ce *j*, comme caché dans le lettrage, passager clandestin discret du mot, et l'œil lit presque ordinairement le nom en question même si ça accroche vaguement. Un jour on avait donc écrit *grjffeur* au lieu de *griffeur* dans un rapport de tuerie. C'était le surnom d'un sous-commodore d'élite. Lequel *griffait* pour la 204 – au sens d'apposer la griffe/la signature d'un créateur sur un produit – nos destructions subies par l'ennemi. Pour résumer, à l'aide d'un bazooka à tags, il « imprimait » un splendide 204 de bonne taille et à la peinture rouge sur les véhicules fracassés et des installations militaires renversées. C'était parti comme ça, avec la faute de frappe, à l'état-majeur du Commandement B. On en a bien ri. Et aucun retour là-dessus, comme quoi ne sont sans doute pas infondées les rumeurs voulant que la plupart de nos fastidieux rapports (à écrire sur nos temps de repos après de longs gardiennages épuisants et nos syndicats ne font rien) ne sont même pas lus. Se torchent avec. La bande de cons de l'état-major, des planqués, tous fils *de* bien sûr. Leurs maisons de famille pour les vacances, leur auto-distribution de postes de prestige surpayés, leurs manœuvres pour ne jamais mettre les pieds sur la ligne de front. Donc ce surnom de Griffeur devenu (et resté) *Grjffeur* pour ce sous-commodore. Grjffeur, pas facile à prononcer mais si vous le dites dix fois à voix haute ça ira mieux. Qu'a essayer. Et je parle de lui car lorsque le commodore s'est élancé vers Daphné avec son long couteau de chasse, j'ai pu voir le Grjffeur, posté non loin dans un vieux bus explosé, se précipiter sans dire mot pour tenter d'empêcher le pire.

En définitive ce qui nous fait le plus de mal c'est l'amour. Ce qui prétendument devrait nous sauver de la malchance d'être né, ce qui devrait nous faire éprouver que – finalement – il n'était ni vain ni absurde d'avoir existé, joue le rôle inverse de ce que l'on espérait : l'amour nous désenchante et nous anéantit. C'est comme ça.

Le commodore a tué le Grjffeur. L'a entendu courir vers lui, s'est retourné, le couteau profond.

Ensuite plus pareil. Le commodore en soin à l'arrière. Sans lui, on est perdu. Certitude que tout ce que l'on fait – quoique ce soit – on le regrette au moment du bilan. Et si on ne le regrette pas, on l'oublie. Et si on ne le regrette ni ne l'oublie, on se demande quel sens cela peut bien avoir. Pour le Grjffeur, une belle cérémonie, début du psaume 44 du 4ème Livre de la Sagesse (44-4) : *Tout ce qui n'est pas nous, l'annihiler.* Et selon l'ancien rituel plus guère usité de nos jours (ce qui a offert un surplus de solennité à la célébration comme on a coutume de dire), un prêtre a récité le saint précepte dans les langues antiques : *Tout ce qui n'est pas nous, l'annihiler / Anything that is not us, annihilate it / Qualquer coisa que não seja nós, aniquila* / 任何不是我们的东西·都要消灭它 etc etc. En fait on a pleuré, tout le monde à l'unisson, Le Grjffeur, le commodore et sa Daphné, ma Daisy. On était appauvri par ce qui venait d'arriver. Sur la Hauteur, ce qu'on demande en arrivant quelque part c'est : *qui est mort ?* Au fil des siècles, c'est devenu la formule de politesse, vous rencontrez quelqu'un au supermarché, vous dites : *qui est mort ?* Quelqu'un meurt toujours quelque part. Fragment de discours prononcé par un officiel lors de la cérémonie : *enfin soyez rassurés, nous avons pris toutes les dispositions nécessaires pour garantir au mieux la continuité de nos services, en particulier pour le versement des prestations de tuerie, à chacun selon ses points. En dépit de nos colères, de nos afflictions et même de nos douleurs, la sainte tuerie doit continuer chers combattants.*

Le soir de cette cérémonie, je ne travaillais pas. Le désoeuvrement de l'arrière. Lorsque vous êtes en gardiennage, vous n'avez qu'un désir : que cela se termine. Mais si vous êtes de repos à l'arrière, vous ne savez pas quoi faire, âme en peine c'est comme ça. Il faisait un peu frais vers les vingt heures, le calme. L'époque était venue des premières flambées dans les yourtes et les mobil-homes de casernement de la 204, c'était le moment du bol de soupe bouillante réchauffant les mains, de la franche fraîcheur du soir lorsqu'on va pisser vers les fougères, ces grandes ombres paisibles. Je voyais les sobres lampes à huile ou les ampoules électriques de faible voltage éclairer les hublots et autres fenêtres de nos abris, on aurait pu aller plus loin à l'arrière – et parfois on le faisait – pour rejoindre les habitats confortables, les centres commerciaux où dépenser nos points de tuerie dans les saunas et les bowlings, les bordels et les parcs de loisirs, les cafétérias et les salles de sports et de tirs, les show-rooms d'automobiles de luxe. Mais on aimait cet éternel camping, le linge séchant sur son fil entre deux bouleaux, l'odeur permanente de légumes bouillis, la proximité de nos armes et les parties de cartes toute la nuit parce-que *après tout ça comment veux-tu trouver le sommeil*. C'est beau un campement. Ce provisoire, ces bricolages partout, cette mitoyenneté, la proximité du ciel, cette sorte d'égalité entre nous tous. Le commodore – absent « en repos » - nous manquait considérablement et il valait mieux vivre ensemble ce manque cruel, le partager pour le rendre tolérable. *Pour peu que l'on ne soit pas tué, l'automne est la saison la plus agréable* a dit quelqu'un en passant devant ma caravane où je fumais mon sureau en feuilletant un vieux magazine de boxe archi lu. Trouver le sommeil serait difficile.

Daphné enfin je veux dire Daisy Beline, sa mutation ultra rapide à la 808 a été annoncée. La 808 une Chambre bien loin d'ici. Tellement ailleurs. Ne plus se revoir. Un hélicoptère est carrément venu la chercher. C'était un antique H260 White Guépard. On n'en avait jamais vu, pensant que ces vieux tacots étaient tous à la casse. Mais non. Le White Guépard et sa légendaire discrétion, si indispensable sur la ligne de front : les pales, dites Blue Edge, extrêmement profilées, présentent des extrémités en forme de boomerang. Le département de marketing du constructeur avait déclaré à l'époque que ce système permettait une réduction du bruit de 54 % par rapport aux appareils en service au même moment sur la Hauteur, et une charge utile augmentée de 100 kilos. Elle ne m'a pas dit un mot en partant, je n'existais pas, ses yeux ne me voyaient pas, même pas un fantôme j'étais, Daisy Beline ma belle des belles - aveugle de moi. Sonné total. L'aimer mais en pensée, c'est tout ce que j'aurais. Un perdant. Une ombre. En définitive ce qui nous fait le plus de mal c'est l'amour.

Peu après, j'ai cessé d'apprendre par cœur et de réciter des conneries de haïkus. En rabâchant la poésie, je me l'appropriais. Comme n'importe quel produit vendu partout. La poésie il faut plutôt la rencontrer par hasard, la lire, l'entendre par accident. Tu vois ces chiens errants endormis à l'ombre du gros tilleul ? Ou cette femme qui défroisse son uniforme sentant le propre avec de grands gestes faisant claquer le vent ? c'est ça la poésie. C'est ce qui se présente à l'arrache. C'est quelque chose qui a à voir avec le sauvage pas avec le domestique. Cela ne s'apprivoise pas. Ne s'apprend pas. Cela vient à nous et tu ne sais pas quoi en faire. Mais c'est beau. Et gratuit.

Liste de nos 13 combattants de la Chambre 204 tués lors de l'attaque n° 701-00-2000B/Rapport de tuerie de la 398179ème journée de guerre :

Paul Astapovo, Cassius Skeletito, Richard Zadoinoff, Mécano Malibu, Zara Boustra, Carine Racine, Pépé Boy, Gerolamo Charchilla, Volcan Hazelwood, Leprince Arnaud, Enora Vermot-Desroches de la Drôme, Maori Morning, Katiouchka Morning, Nombres d'ennemis éliminés lors des dernières 96h00 dans le secteur de la Chambre 204 : 9 (pour un total de 910 points de tuerie en Quadrupling Day).

Depuis que je suis en âge de m'en souvenir, tous ces morts autour de moi. Longue liste comme un menu. Mais un menu de bonnes choses que l'on ne mangera jamais plus. Pourtant il faut se souvenir qu'il n'en a pas toujours été ainsi. C'est exactement ça vivre, se souvenir qu'il n'en a pas toujours été ainsi. Nous avons eu notre chance avec ceux qui ne sont plus aujourd'hui. Et nous ne l'avons généralement pas saisie, comment aurait-il pu en être autrement ? Nous sommes des êtres humains, par définition nous gâchons la plupart des choses que nous entreprenons, tout est brouillon essai tentative test ébauche et début sans suite. Et pas de seconde chance pour rattraper le coup. Ce que nous avons en commun, c'est le regret. Le temps passé, déjà. Même si elles sont belles et finalement si proches de nos vies minuscules, je ne peux plus regarder les étoiles sans éprouver une immense tristesse. Comme s'il manquait quelque chose au regard que je lève vers elles. Un émerveillement pas suffisamment reconnaissant. C'est trop tard. Tous ces morts autour de moi le savent. Et moi aussi.

Message reçu ce matin de la nutritionniste de la 204 :

Comment adapter son alimentation a une baisse d'activité physique ? Grande question. Réponses… Le gras et le sucre pour les personnes âgées : si un apport important en gras et en sucre est à limiter pour les enfants et les adultes en cas de sédentarité accrue, il faut noter que cette règle s'applique moins aux personnes âgées. Comme le souligne votre nutritionniste, l'âge conduit souvent à une perte d'appétit, parfois à cause de l'isolement hors campement et presque toujours du fait de la suppression des activités de tueries lors du départ en retraite, souvent parce que la mobilité se dégrade, et elles ne bougent plus assez – ces personnes âgées - pour provoquer une sensation de faim. Dans ce cas, les aliments gras ou sucrés sont davantage permis car ils permettent généralement de stimuler leur appétit. Ce message a été adressé à des fins paramédicales et commerciales à l'aide des informations du fichier clients de la société GuerreEclair®. Conformément au Règlement Général sur la Protection des Données n° 2016/679 de l'an 882 de la Guerre et à la Loi n° 2418-BK493 relative à la protection des données personnelles, vous disposez d'un droit d'accès, de rectification, d'effacement, de limitation de traitement, d'opposition au traitement de vos données ainsi que d'un droit d'obtention d'une copie de vos données à caractère personnel. Vous pouvez exercer ces droits en écrivant à BBL42 Commandement B par email à bbl42commandB@armee7.com. Vous pouvez également lire notre Politique de Protection des données. Pour être retiré de notre liste de diffusion, vous pouvez vous désinscrire avec tout formulaire BK420.

Puis les années et les années.

À présent, la retraite dans six ans.

Un printemps, une fille ressemblant un peu à Daisy Beline (un petit air du fait de sa coiffure, sa voix inamicale aussi) est venue nous expliquer tout ce qu'il y a à savoir sur le *kmour*. Cette machine est nommée hybride hominidé-hyène (un HHH). D'une petite tonne en modèle de combat rapproché et de deux tonnes six en modèle de tuerie de masse. Le mot *kmour* proviendrait du cri que cette créature produit lorsqu'elle va tuer sa proie. Et qu'elle en manifeste une sorte d'impatience, de joie peut-être. Certains humains du Bas se sont mis à muter d'après ce qu'on en sait et nul ne comprend ce que cela peut signifier (ils n'ont pas dû muter tout seul d'après moi, c'est encore une création des diaboliques laboratoires de bio-ingénierie de ces fdp du Bas). L'ennemi exploite ce phénomène en le militarisant. Nous allons devoir combattre ces kmours aux griffes monstrueuses et aux capacités surdéveloppées de grimpeurs. Là j'ai eu la tentation, en souvenir d'un vieil ami mort depuis bien longtemps, d'écrire grimpeur *grjmpeur* ☺ Ces machines humaines et animales pourraient escalader la Hauteur à ce qui se dit. Nos snippers doivent prendre des risques considérables pour dézinguer ces créatures tentant spectaculairement l'ascension de la Hauteur. Certaines de ces abominations sont parvenues à progresser sur la paroi jusqu'à des cinq ou six cents mètres d'où notre inquiétude et le développement d'études scientifico-militaires pour rendre les parois impropres à l'escalade. Un prodigieux liquide glissifiant est à l'étude parait-il. Des petits yeux funèbres, un cuir faisant armure, une corpulence de taureau, une odeur de cadavre, un armement incorporé de nouvelle génération (avec par exemple une mitrailleuse ZZhyena133® placée dans la gueule et dans les paumes des mains). Voilà qui acte la fin du règne de l'Homme expliquent les techno-chamanes. Devant une telle horreur, tu vas au combat à poil. Cadence de tir théorique de 1 200 à 1 400 coups à la minute, fonctionnement par court recul du canon (action directe de la veine gazeuse stratiflottée), culasse calée en soundMK, renforceur de recul et refroidissement par air ou par eau (cette saloperie de kmour a bien sûr une fonction subaquatique), longueur constatée du canon : 430 à

535 mm, masse 11,5 kg à 18 kg sur rotatoir de trépied d'infanterie, munition 7,92 mm x 57 (7,92 mm Mauser, 破坏者 ou Ruckstuhl), verrouillage par galets sur mâchoire biologique et panulage sectoriel des os crochus et nerfs radiaux de la patte, vitesse initiale 750 m/s (selon munition). Cette ingénieure zoologue ressemblant un peu à ma Daisy Beline est kmourologue. Elle explique comment faire pour se défendre, pour tuer ces monstres. On le sait, démolir est un art. Un art du spectacle. Et avec les HHH c'est devenu Hollywood.

Un hiver, plusieurs années plus tard je ne sais plus quand, il y a eu la suite du cauchemar. C'était désormais officiel : ceux d'en-Bas disposaient d'une nouvelle génération d'HHH (la première ne nous avait finalement pas trop inquiétée. Moins qu'on aurait cru en tout cas). Nos drones venaient de filmer ces nouvelles puissantes machines. Quasiment indestructible : une armée d'automates humanoïdes en slavium 900©, sous conduite neuronale prédateur-proie. On les surnomme déjà les Gnous (après les kmours Hyènes) car ils possèdent une tête surblindée semblable à celle d'un gnou ou dans ce genre-là, ça ressemble. Les plus gros modèles (de la taille d'un camping-car) sont appelés les Minotaures, ils font transport de troupes et/ou de kmours. Tous les modèles sont équipés d'un révolutionnaire tracteur-escalateur de Hauteur. Côté armement, c'est une tragédie pour nous. Deux canons Samouraï© .46, un biocoagulateur et un auto-explosant de type redstorm5 en dernier recours. Pendant un temps, à moins de les dégommer avec du .39, ces HHH sont restés invincibles. Les usines ennemies devaient en fabriquer non-stop. Nous, à la 204, on disposait d'antiques automates ultra rafistolés. Des HHH primitifs et élémentaires dont la moitié de l'armement était régulièrement en panne, faute de munitions adéquates le plus fréquemment. Et difficile de trouver des pièces de rechange. Il fallait désosser quatre ou cinq machines pour en mettre d'aplomb une seule, je me souviens. Nos désuets HHH à tête de rhinocéros ou de phacochères - des animaux exterminés par l'homme depuis bien longtemps mais revivant aujourd'hui bien loin d'ici grâce à la sainte guerre - étaient à bout de course.

De vieux récits racontés autour des feux de camp, le design de nos casques et les costumes des chamanes rappellent qu'il exista des animaux le long de la Hauteur. Maintenant il faudrait aller à des milliers de kilomètres pour les voir mais c'est interdit par les lois de protection de la faune. Cet hiver-là laisse le souvenir d'une époque héroïque où la 204 – et toutes les autres Chambres voisines – tinrent leurs positions avec détermination. Les pertes furent considérables. Pour finir, nos politiques ont négocié l'achat d'une cargaison d'HHH derniers modèles a l'ennemi. Celui-ci était content de vendre. Et nous d'acheter. L'essentiel était de ne pas perdre de vue le sage raisonnement ayant originellement conduit à l'instauration de cette guerre perpétuelle : réguler la démographie mondiale afin de sauver la terre. Fabriqués par ZooTechNo™ (une multinationale implantant de nouvelles usines tant en Bas qu'en Haut), nos Gnous flambant neuf ont été livrés à la date prévue et il y a eu une petite cérémonie patriotique de réception. Ces HHH sont constitués d'inox léger, de cuivre ghiblinoïde maximisé et de slavium 900© naturellement neutrés sur base plastique à usage unique. Avec néoplasturgie pour le système neuronal prédateur-proie. Au final cette arme vivante de haute technologie est composée du pack suivant : 85 % de matériaux usinés (une tôle en acier emboutie est placée dans le moule, un polymère chargé de fibres de verre, assoupli par une charge d'élastomère, vient se greffer sur la tôle lors de l'injection sur une presse standard de génération 9B. Procédé supérieur à un classique surmoulage métal plastique, puisque les deux matériaux sont liés mécaniquement par rivetage corseté double), 12,5% de technologies fluidifiées bioneuronales d'armement (avec cartoucherie interne et externe) et 2,5% d'acide désoxyribonucléique et organisme architectonique physique (en chair reconstituée) de gnou (*Connochaetes taurinus*) pour le design baroque de l'animal et son comportement irrité et endurant. Une dose de buffle d'Afrique (*Syncerus caffer aequinoctialis*) étant injectée en phase finale de production afin d'insister sur la dimension robustesse du produit. La 204 a reçu 18 HHH (modèles Gnou4™ et Gnou4BK™) super équipés. (Pour des HHH encore plus tueurs, soutenez la recherche scientifique en bio-ingénierie protecto-militaire, faites un virement bancaire : ZooTechNo™ - BNT Banque Nouvelle de Tuerie IBAN : BK76

3000 4009 Z1100 0101 5884 780B - BIC : BNTABKPPPAA9-77. ZooTechNo™ est une entreprise de International BasHautZoo™, gestionnaire du réseau de distribution de munitions. Elle développe, exploite, modernise le réseau munitionnaire et gère les données associées. Elle réalise les raccordements, le dépannage pérenne, le relevé des compteurs et toutes les interventions techniques). On s'est vite familiarisé avec le maniement de ces créatures initialement fabriquées par l'ennemi. Et j'ai la souvenance que dans les mois suivants nous avons désagrégé un tonnage prodigieux de la vermine du Bas. Formidable carnage. Fiesta ininterrompue. Une arme novatrice et ludique. C'est bien simple, on a doublé – voir triplé parfois – nos points de tuerie. Pluie de points. La pure bamboche.

Puis cet autre printemps. Inoublié car tragique. Les problèmes avec Gunter, l'un de nos meilleurs éléments. Un tireur d'élite maintes fois décoré, terreur de l'ennemi, richissime avec ses accumulations de points de tuerie. S'est d'ailleurs acheté une splendide propriété rurale à l'arrière. Une ferme biologique spécialisée dans les agrumes et l'accueil touristique de luxe. Piscine grandiose. Mais vindicatif et bagarreur mon Gunter, difficilement contrôlable. Lors d'une fin de gardiennage – un gardiennage pourtant particulièrement calme – il a défoncé avec un marteau de maçon le crâne d'un ravitailleur de munitions qui ne lui avait pas plu. Vague histoire de respect hiérarchique d'après ce qui s'est dit. Inexplicable et gravissime. Gunter. Bon fils, bon père, bon mari, bon gendre, cousin, ami, collègue de tuerie exemplaire, etc. Mais il a fini l'autre pauvre gars à coups de pelle. Une pelle à gravats qui trainait par là. L'a tué. D'abord en sont venus aux mains puis le marteau de maçon et la pelle. Il a fallu méchamment indemniser la famille de la victime et la direction de la 204 (la direction générale des Commandements A, B, C, D) a décidé que la Chambre ne pouvait pas se passer d'un combattant d'élite comme Gunter. Il est resté en poste avec un blâme, une symbolique retenue de points de tuerie et l'obligation d'un suivi psychologique auprès d'une importante techno-chamane comprenant bien les problématiques de la 204 pour y avoir servi, avec d'excellents états de service, durant neuf ans. Elle a préconisée que notre Gunter participe à la construction d'un bunker de bord de gouffre afin de restaurer l'image négative du marteau, ce dernier devant passer du statut d'arme létale à celui d'outil de construction du vivre ensemble. Afin de l'aider dans sa démarche thérapeutique, les proches de Gunter (dont moi) ont dû lire le livre de la techno-chamane : *Violence et sublimation lors du gardiennage*, Dr Anne Radiofonik de l'université chamanique Siberia, Hispaniola Littératures/Neness Danger éditions ISBN-10 : 284834483X ISBN-133R : 978-284834483BK36 / 4ème de couverture de l'ouvrage : *« Le combattant en souffrance trouve une issue dans la violence hors gardiennage, hors campement ». On pourrait croire à cette idée reçue qui a fait long feu, et pourtant, la clinique du combattant confirme quotidiennement l'adage. À cette période de la vie où le combattant enchaine les périodes au front, recherchant les limites de son corps et calculant le poids de son intégration sociale au groupe guerrier, la violence ouvre un autre espace intime, synonyme de liberté. Vecteur d'intégration du corps sexué, régulateur de l'agressivité ou facilitateur du lien social, la violence de Chambre représente un moyen pour le combattant au service de la terre d'extérioriser ses pulsions et conflits, de les confronter dans la relation à l'autre et souvent de les sublimer. Le combattant en quête de son identité fragilisée cherche à se redéfinir constamment selon le nombre de ses points de tuerie et trouvera dans la violence canalisée institutionnellement un espace potentiel de créativité propre à faire émerger une nouvelle et bénéfique poétique du Soi.*

Avec des matériaux récupérés soigneusement dans les décombres du front par souci écologique, Gunter a participé avec énergie à la construction du bunker et les mois sont passés. Une fois, il y avait plusieurs carcasses de grosses bêtes mais c'étaient des troncs d'arbres en fait, je me souviens de cette vision, on est tellement habitué à avoir des cadavres sous les yeux qu'on finit par en voir constamment. On regardait les connards du Bas gesticuler car ils venaient de trouver deux collègues dégommés par nos soins. On aurait pu percer encore quelques casques mais il était préférable de désespérer l'ennemi – guerre psychologique. On mésestime l'effet produit sur le moral par la découverte de ses bons amis la bouche emportée par une balle de gros calibre. Le mort a l'air de vouloir terminer sa phrase mais il fermera sa sale gueule définitivement ce con. Donc je voulais dire en regardant les connards du Bas gesticuler car ils venaient de trouver deux collègues dégommés par nos soins bla bla, abrités dans un local méchamment salopé avec tous ces impacts de tirs d'une ancienne tour de bureaux, on soupait Gun et moi de foies de poulet grillés et d'épinards hachés en conserve. On buvait de la bière de gingembre. On la faisait nous-même à la 204. Notre production était même vendue aux Chambres voisines. Il est assez facile de réaliser de la bière de gingembre, les ingrédients principaux étant de l'eau, du sucre, et du gingembre. La première étape consiste à réaliser un levain de gingembre à partir des trois ingrédients, fermentés à température ambiante pendant 3 ou 4 jours. Les bactéries naturellement présentes dans la racine (principalement dans la peau) vont se nourrir du sucre pour se multiplier et produire du gaz et de l'acidité. Une fois actif (produisant des bulles en surface), ce levain peut être ajouté à une infusion de gingembre (ou éventuellement une autre boisson), qui sera fermentée à son tour quelques jours jusqu'à devenir effervescente puis embouteillé quelque temps lorsque l'effervescence décroit pour obtenir une boisson pétillante, la prudence est de mise lors de cette étape comme pour toute boisson qui continue à fermenter car elle peut donner lieu à des explosions de bouteilles sous la pression, provoquant des accidents potentiellement grave. Après avoir échappé à des snipers, à des drones et même à des HHH, ce serait rudement ballot de quitter cette vallée de larmes à cause d'une bière non ? Il est recommandé d'utiliser des bouteilles en plastiques pour juger de la pression en pressant la bouteille, ou de n'embouteiller que peu de temps et au réfrigérateur. Il est couramment ajouté du jus de citron ou d'orange pour parfumer et rendre la boisson plus acide afin de faciliter le départ correct de la fermentation. J'adore cette boisson.

Je m'égare. C'est pénible, je sais. Donc on soupait Gun et moi de foies de poulet grillés et d'épinards hachés en conserve. Et d'un coup, sans que rien n'ait préparé à ça, il a fait *: Daisy Beline, tu sais j'étais secrètement amoureux d'elle.* Je n'ai alors rien montré de mon trouble. Et compris qu'on avait tous – TOUS – été mordus de cette fille. Tous.

Certaines nuits, le gouffre est un illimité noir intégral. On ne voit rien, on n'entend rien, nul feu de campement pas un ronronnement de moteur ni une brève étincelle de lumière signalant sous le peu de lune l'emplacement d'un tireur embusqué. Juste l'immobile noirceur. Ce lointain abyssal. Dans ces instants-là, nous-mêmes absorbés dans la grande sombraison universelle, nous nous surprenons à croire que la guerre n'existe plus, que l'ennemi s'est absenté pour toujours. Que tout est nouveau et que nous apprendrons à prendre soin de la terre sans recourir à cette boucherie. Ce serait bien. Mais tôt ou tard le jour revient, obstiné, maléfique. La lumière révèle minute après minute l'acier gris mat d'un blindé, la vibration caractéristique des fougères abritant une douzaine de drones prêts à décoller ou ces obusiers pointés vers nous (ils n'étaient pas là hier soir ces obusiers de merde et on a rien vu remuer cette nuit ah les petits futés). Il faut alors se rendre à l'évidence, nuque penchée se soumettre au réel. Puis sourire car tout est perdu : il est revenu plus énorme et acharné que jamais, ce monde de putréfaction dans lequel nous errons. Chacun va pouvoir se retrouver dans son propre rôle, sombre et brillant, de tueur consciencieux, indifférent ou inquiet. Tout cela à la fois sans doute. La frénésie des ordres et des contre-ordres va pouvoir dévorer toute crue cette belle journée ensoleillée. On y retourne. Comme dans un spectacle d'improvisation, le sort distribuera les emplois de vivants ou de morts. Destinées. Tout ce qu'on n'aura tragiquement pas vu venir, tout ce qu'on aurait dû prévoir, les mauvaises idées et les bonnes aussi, les peurs à chier dans son froc et les joies féroces rythmeront la course des heures. La sainte destruction pourra paisiblement continuer l'édification de son œuvre. Ce sera terrible. Un jour ordinaire en somme.

Ces évocations d'un lointain printemps difficile me font me souvenir que Gun était un spécialiste reconnu des requins. On en parlait souvent lors des planques dans les décombres lorsque c'était calme côté surveillance/relevé de positions des sales rats du Bas. Gunter collectionnait des traités de biologie sur ces poissons. Il aurait trop voulu en voir un pour de bon, c'était le rêve – impossible à réaliser – de sa vie. Les requins, comme tout ce qui vit, ont disparu pendant longtemps. Les océans : poubelle chimiquée et radioactivée à mort. Mais comme l'homme n'y va plus depuis onze siècles, les spécialistes supposent que la faune marine se reconstitue. Requin blanc, gris, noir, gris-bleu, renard, taureau, buffle, lézard, zèbre. Requin chagrin au drôle de nom (*centrophorus granulosus*). Corps cylindrique, vigoureux. Gueule de taille variable. Les dents sont petites et triangulaires. Yeux de taille importante (notamment chez *a. superciliosus*). Corps de couleur gris ou brun, le ventre étant blanc. En général, les requins ordinaires ne dépassent pas les 5 m à l'âge adulte (queue comprise, qui représente souvent plus de la moitié de la longueur). Record de 6,30 mètres et 440 kilos pour le requin-renard commun. 3,30 mètres pour le requin-renard pélagique. 4,50 mètres pour le requin-renard à gros yeux. Chez tous les lamniformes, les espèces sont ovovivipare et pratiquent le cannibalisme intra-utérin. Naissent alors 2 à 6 petits, déjà vigoureux et qui mesurent déjà entre 1,20 et 1,50 mètre. Habitat : eaux côtières et océaniques, jusqu'à 500 mètres de profondeur. Toutes mers tempérées et tropicales. Alimentation : poissons de petite taille se déplaçant en bancs. Céphalopodes et crustacés. Attaque rarement ses congénères plus petits. Dangers pour l'homme : selon l'espèce, attaque de nageurs et plongeurs, des cas d'attaques sur des embarcations sont possibles (requin-cosmos et requin-crusoë). Des années après le regrettable épisode du marteau de maçon et moins de trois mois après sa confidence relative à ses sentiments envers Daisy Beline, Gunter a été coupé en deux dans le sens de la hauteur par un HHH ennemi. Vingt jours avant sa retraite bien méritée.

Le monde est un vaste asile psychiatrique. Sans médecins. Sur fond de collection de vie gâchées, le grand règlement de compte est pratiqué avec soin par une foule immense ayant les nerfs à vif. Le jour du jugement c'est tous les matins. Bivouacs à la belle étoile, fusillades, embrassades au soleil, camaraderie, cérémonies d'adieux. Survivre. Tout n'est-il que mensonge collectif ? C'est une fiction mais rien à foutre, on y est bien. Que faire d'autre ? Les cris des agonisants et les glaciaux empilements de cadavres les plus mauvais jours. Ces charniers du Haut et du Bas cognent nos tempes comme on frappe à une porte. Et les tués dansent parfois devant mes yeux fermés. Dans la puanteur de la poudre brûlée, des chairs grillées, le rythme de travail ne faiblit pas, tuer, gagner des points de tuerie, sortir les blessés de là, réconforter les petits jeunes qui viennent d'arriver et s'ils tiennent un an c'est bon ils survivront peut-être. Les corps des nôtres à évacuer, les ruisseaux de pisse et de sang, une main à ramasser là-bas, un œil crevé, les odeurs de bête puis le retour mutique à l'arrière dans les fumées du combat. On est comme dans les films. C'est ça la Hauteur. Nos âmes à demi dissoutes dans des éboulis mentaux de terreur et de haine, d'impassibilité, de rage et de cruauté. La joie guerrière aussi. Lorsque s'achève un gardiennage pénible et meurtrier, se demander toujours comment ça se fait que les dernières heures ont si mal tournées – et pourquoi, si possible. Chercher dans le regard épuisé des frères d'armes, ces fragments de soi qu'une parole de compassion, qu'un regard amical pourrait réunifier. Sur les tombes, la traditionnelle inscription L.O.V.L.M (*Là Où Vont Les Morts*). Se laisser gouverner par ce que nous sommes devenus. Des survivants. Survivre coûte que coûte et si pas possible, tant pis. Mais cette incompréhensible appétence pour la vie, pourquoi domine-t-elle ? Comme si la vie c'était le fait d'être vivant. Quel rapport ? La vie n'est pas vivante si l'on n'existe pas. Si Daisy Beline est loin. Seul s'installe l'émiettement des jours, sans réponse.

La réalité est extrémiste. Alors pourquoi ne pas l'être nous-même ? On a beau faire de notre mieux chaque jour et le jour d'après et continuer encore et plus loin encore : on ne changera pas le monde. Il demeurera en l'état. On tuera on nous tuera. On ne satisfera pas ceux qui nous aiment. On se trompera. La barbarie n'existe pas. Ce qui existe devant le cadavre abimé et fumant d'un camarade (si vous aviez vu Gun coupé en deux dans le sens de la hauteur), c'est la solitude définitive de chacun face à sa propre fin. Mon esprit tourmenté, saturé d'effroi et d'espoir, s'épouvante et s'émerveille de ce pays si vaste qui l'attend. Là où l'on doit se perdre ou se rencontrer enfin, ma propre mort. J'ai récemment compris spirituellement et accepté que la guerre est notre grande inspiratrice. Elle ouvre toutes les portes. Elle nous guérit de la misère d'être au monde. Nous rendons la terre à la terre c'est notre grand projet millénaire. Quelle plus belle entreprise notre espèce pourrait-elle mener ?

Faire comme tout le monde, mourir. C'est ce qu'il me reste comme perspective. Tant d'hommes et de femmes ont passés ce cap avant moi. Je ne suis pas plus con qu'un autre, je devrais y arriver. Tenir mon rôle de vivant : mourir. Et pour cela, une balle en plein front ce serait une bénédiction il faut bien le reconnaître. On soupçonne certains combattants de chercher délibérément la balle dans les jours précédant le départ en retraite. Mais mieux vaut ne rien en dire, c'est un sujet tabou. Chacun notre tour, nous faisons ce constat sinistre : ce ne sont pas les nôtres, ceux qui nous aiment, qui seront capables de nous offrir le repos de l'âme grâce à la délivrance du corps. Mais l'ennemi. C'est lui qui nous guérit de la vie, tout tireur d'élite embusqué en Bas est potentiellement le médecin ultime de nos maux. Ici-bas, les choses ne changeront donc pas. C'est la seule révélation. Le grand message. Rien n'ira mieux. En troupeau nous suivrons la pente. Par amour de la terre, nos vies sont données, perpétuant coûte que coûte le bienfaisant cycle de la violence, protectrice et régénératrice maternelle des forêts, des fleuves, des alpages et des cités rendues à la vie sauvage. Peut-on imaginer une forêt laissée libre de ses rythmes, de son histoire ? Et une rivière, embellie du choix de sa promenade ? C'est ce pourquoi nous luttons. Oiseaux de mers mes frères, antilopes mes sœurs. Parfois nous gagnerons parfois nous perdrons mais l'assurance que nous avons c'est que cette guerre sera éternelle. Le récit désolé, sombre et apaisant des batailles sur la Hauteur devient une prière de pénitence. Des morts, on en connait la fonction : permettre aux vivants de s'affirmer, de prendre leur place légitime. Et, loin de nous et de notre malédiction, les autres vivants - non humains - courent dans les plaines et les savanes, nagent, volent, dorment sous ces étoiles qui me manquent déjà un peu, alors que je peux encore les voir. Tout ce temps évanoui. La Hauteur.

A présent que je suis vieux, loin du front qui – le croirez-vous – me manque, dans la surprise de ne pas avoir été tué lors de l'un de ces innombrables gardiennages ni même blessé, je pense à hier. Aux heures de lutte, aux bivouacs d'hiver serrés les uns contre les autres comme des petites bêtes taiseuses.

Une vie sans construction aucune. Une vie qui, comme toutes les autres, s'est juste déroulée. Avec une amitié perdue – le commodore – et un amour raté, pas si raté que ça car j'ai dormi en songe toutes les nuits avec elle. Pas une seule fois je n'ai oublié de la serrer dans mes bras avant de monter vers la Hauteur ou bien en étreignant une autre. Et elle était là à chaque réveil, le café chaud bien sucré c'était le sien, la journée à venir c'était la sienne, la beauté du printemps réchauffant les futaies c'était pour elle. Une vie avec la surenchère du sang, tant de batailles, de cérémonies avec le début du révéré psaume 44. Le devoir accompli en tuant consciencieusement tout ce qui pouvait l'être. Servir la terre. Ma part a été faite. Mission accomplie comme on dit. Avec mes divers visages. Celui de la foi en notre sage besogne, celui du doute en cette même œuvre civilisatrice, celui du dégoût jusqu'à l'évanouissement ou plus habituellement celui, si partagé, de l'indifférence. Le catalogue complet d'une ordinaire petite vie humaine.

Que de tourmentantes défaites dans mes choix, mon attitude, le peu de soin que j'aurai pris des autres. Je pense à mes parents, à mon frère, à ma sœur, aux compagnons d'armes, à ceux qui m'auront éduqué et secouru. Qui ais-je été pour eux ? Un fantôme sans doute. Mais ces multiples masques à porter les uns après les autres, c'était peut-être dans un seul but, ignoré de l'intéressé la plupart du temps : le rendre un peu plus savant sur lui-même.

Se rencontrer soi-même ?

Le réel n'a plus rien à m'apprendre à présent. Il faut attendre le potentiel autre monde, si l'on décide de finalement y croire, pour en savoir plus. Révélations ? J'espère que Daisy Beline va bien. Je ne sais pas. Je n'ai jamais eu de nouvelles d'elle. Est-elle heureuse ? En paix avec elle-même ? Elle mène sans doute son combat là-bas, tellement loin, au bout de mon monde. Mais une chose est sûre : moi je suis toujours avec elle. Toujours. L'âme accidentée mais amoureux comme au premier jour. Il ne me viendrait pas à l'idée d'aller voir ailleurs. Non oh non. Qui sait ? Peut-être devrais-je me remettre aux haïkus pour faire cas du soir venu.

(*La Hauteur* 2020. Nouvelle publiée in *Petit traité de sorcellerie et d'écologie radicale de combat*, Hispaniola Littératures/BoD 2021)

Avec le soutien de Rose Evans, Olivier Millet (*Hispaniola Littératures*) / Anastasia Tourgeniev, Ludmilla de Monfreid et Zoé Agbodrafo (*Totemik CrowFox*) / Laurent Battistini, Piotr Bish et Aksana Oulitskaïa (*Neness Danger*) / *BoD*. Merci à John Talabot. **La Hauteur** / Éditrice : Rose Evans / Photographies : Morgane Aubielle (recto) et Etienne Boulanger, agence Unsplash (verso) / Correctrice : Babeth Huard / Mise en pages : Zoé Agbodrafo / Dépôt légal mai 2021 / ISBN 9782322173983 / Imprimé en Allemagne / www.bod.fr / www. aubert2molay.vpweb.fr / © Ph.A2M, 2021 © Hispaniola Littératures, 2021.

du même auteur chez Hispaniola Littératures, disponible en librairie et sur le site BoD

Collection L'Inimaginée
(Littérature de l'imaginaire)
-PETIT TRAITE DE SORCELLERIE ET D'ECOLOGIE RADICALE DE COMBAT
-DOULEUR FANTÔME
Collection L'imaginable
(Littérature blanche)
-SAPIN PRESIDENT
Collection 1 nouvelle
-TOUTE PETITE FILLE DES DRAGONS
-SUPERETTE
-LA HAUTEUR
-LA MORT DE GREG NEWMAN
- DIX ANS AVANT LA NUIT
-TECHNIQUES DE VOL HUMAIN DANS LE CIEL NOCTURNE
-SELON LA LEGENDE

www. aubert2molay.vpweb.fr

Collection 1 nouvelle